KB162186

푸른 숲에서

김진수 두 번째 시집

푸른 숲에서

김진수 두 번째 시집

예술의숲

□ 시집을 펴내면서

설렘과 두려움으로 두 번째 시집을 발간하며

　저에게 시는 자아를 찾아가는 이정표였습니다. 또한 바쁜 생애 가운데 나를 돌아보는 거울이었습니다. 중학교 때부터 어쭙잖게도 시를 썼던 것 같습니다. 따라서 중학교와 고등학교를 졸업하며, 그리고 군 제대를 하며 각각 시집을 엮기도 했습니다. 또 비록 큰 상은 아니지만, 중학교 때부터 각종 글짓기대회와 백일장 등에서 몇 차례 입상하는가 하면, 종종 지면에 제 시가 실리기도 했습니다. 그렇게 저는 어느덧 시인으로 살고 있습니다. 하지만 시를 대할 때마다 저는 항상 부족함을 느낍니다. 2013년 첫 시집 <새벽, 귀를 청소하며>에 이어, 두 번째 시집을 발간하면서도, 역시 부족한 게 많이 보입니다. 그래서 설렘과 함께 두려움으로 조심스레 독자들에게 다가가려고 합니다. 제 시를 통해 하늘의 위로를 받아 기뻐하며, 사랑을 향해 다시 불꽃을 피울 한 사람을 기대합니다.

　　거룩한 꿈과 아름다운 사랑으로……．

　　　　　　아봉(雅鳳) 김진수 드림

□ 축하하는 글·1

사랑하는 남편의 두 번째 시집 발간을 축하~

김혜리(시인 아내 / 주부)

두 번째로 김진수 단독 시집을 낸 당신을 축하합
니다. 매년 송구영신 예배 때면 '새해는 시집 낼 수
있도록 기도' 했던 기도가 이뤄진 것을 감사합니다.
날마다 좋은 시들을 보면 카메라로 찍고, 손으로
옮겨 쓰고, 오려서 스크랩하는 당신을 볼 때면 시
를 사랑하고 좋아하는 당신 열정에 박수를 보냅니
다. 또 그때그때마다 하나님이 지혜 주셔서 시 한
편 한 편을 쓸 때면 나로서는 신기하고 놀랍기도
하답니다. 하나님이 당신에게 특별히 좋은 시와 글
로 사람들을 위로하고, 용기 주고, 사용하는 귀한
달란트를 주셨기에 기쁩니다. 앞으로도 더 좋은 글
과 감동을 주는 시를 부탁합니다. 사랑합니다.

□ 축하하는 글·2

시집 발간 기뻐! 영향력 있는 다음 시집도

김진리(시인 아들 / 해병대 중위)

아버지 두 번째 시집 발간을 축하합니다. 어렸을 때 우리 남매는 매일 한 편씩 시를 옮겨 썼습니다. 그땐 귀찮고 괴로운 숙제였고, 놀기 위한 관문(성경 쓰기, 책 요약 포함)으로만 생각했습니다. 하지만 시간이 흐르며 그것들은 현재 저를 채우는 밑바탕이 됐습니다. 아버지로 인해 시의 매력과 영향력을 접하지 못했다면, 시를 그저 말 같지도 않은 말장난으로 여겼을지도 모릅니다. 덕분에 저도 좋아하는 시인과 시를 만났고, 시의 맛과 의미를 곱씹으며 깨달음과 전율을 느낄 때마다, 일찍 시를 대한 것에 감사하고 있습니다. 밥값으로 시집을 사고, 언제 어디서나 책과 시집을 갖고 다니며, 수시로 메모하고 시를 쓰는 아버지! 변함없는 열정으로 다음 세대에도 선한 영향력을 끼치는 시를 쓰시길 묵묵히 응원합니다. 언제나 하나님 은혜가 아버지와 함께해서, 팬의 한 사람으로 다음 시집들도 기대합니다.

□ 축하하는 글·3

아빠의 두 번째 시집을 축하드립니다

　　　　김하얀(시인 딸 / 어린이집 교사)

사랑하는 아빠!
시집 발간을 축하드립니다.
시의 멋과 아름다움을 아빠를 통해 알게 되었어요.
늘 응원합니다. 존경합니다.

❖ 차 례 ❖

Ⅰ. 꿈과 사랑과 시와 메아리

II. 여름날 정오

Ⅲ. 아름다운 곳

Ⅳ. 온달산성

Ⅴ. 하늘에 묻는다

I. 꿈과 사랑과 시와 메아리

평화로운 숲길을
나 걸으리라

꿈과 사랑과 시와 메아리

푸른 숲에선
깃발처럼 거룩한 꿈이 펄럭이고
샘물처럼 아름다운 사랑이 솟아오르고
바람결처럼 고결한 시 한 편 고요하게 흐르고
음률처럼 청아한 메아리 울려 퍼지고

평화로운 숲길을
나 걸으리라.

비전

한 끼를 위해서 구걸하고
하루를 위해서 노동하고
한 달을 위해서 장사하고
1년을 위해서 씨를 뿌리고

10년을 위해서 나무를 심고
100년을 위해서 사람을 키우며
영원을 위해서 복음을 전한다

그대는 무엇을 위해 살고 있는가?

門

두드리라
열리리라

문을 열면 정다운 사람 들어오고
창문 열면 부드러운 바람 불어오고
눈을 뜨면 따뜻한 빛 다가오고
귀를 기울이면 나즈막한 노래 들린다

책을 펴니
젖과 꿀이 흐르는 세계가
마음을 여니
어둔 밤 빗속을 걸었던 그대가
하늘 문 열리니
*예배당산에 무지개가 걸린다.

* 예배당산 : 경기 가평군 설악면 천안리에 있는 동산 이름.

바벨탑꼭대기에서

저마다 탑을 쌓는다
어떤 이는 바위 위에
어떤 이는 모래 위에

어떤 이는 한 층의 작고 볼품없지만
거센 비바람에도 끄떡하지 않는 탑을
평생 쌓는다

어떤 이는 근사하고 으리으리하지만
미풍에도 와르르 무너지는 탑을
쌓는다

세상은 온갖 탑투성이

오늘도 저마다 탑을 쌓는다
어떤 이는 지혜롭게
어떤 이는 어리석게

저마다 탑을 쌓다가
하늘로 돌아간다.

— 2000. 7. 바벨탑 설교를 준비하며

고구마교회

소년은 그렇게 알고 있었지
예수가 직접 장작을 패서 *왕닥불 지피고
숯불로 구운 고구마를 제자들과 나눠 먹은 것으로

소년이 처음 찾아간 예배당엔
구수한 고구마 냄새로 가득했었지
청년 목사가 장작 난로를 피우고
예배당 옆 텃밭에서 캔 고구마를 굽다가
덥썩 손을 잡으며 맞아 주었지

잣나무 숲속 끝에서 기다리던 교회
찰랑찰랑 계곡물소리를 듣던 교회
낮은 십자가를 머리에 이고 있던 교회
무릎 높이로 울타리를 둘러싼 교회
채송화가 소담하게 웃고 있던 교회

소년은 어른이 되어서도
그 교회를 찾아가고 있지.

＊ 왕닥불 : '화톳불' 혹은 '모닥불'을 강원도 사투리로 '황
닥불'이라고 한다. 강원도 춘천, 화천과 인접지역인 경기도
가평에서는 '황닥불'을 '왕닥불'이라고 부른다.

삼방(三訪)

삼방(三訪)을 잘해야 합니다

목사 안수 받을 때 선배 목사의 조언을
신선하게 가슴 깊이 새겼다

먼저 골방을 자주 찾아야 한다고
골방에서 눈물 흘리는 기도가 힘이라고
심방(尋訪)을 잘해야 한다고
성도를 자주 방문하여 돌보는 데 힘쓰라고
책방 들르는 것도 게을리 하지 말라고
한 손에는 성경, 한 손에는 책을 늘 놓지 말라고

시간이 갈수록
목회를 거듭할수록
채찍 같은 하늘의 소리로 들려온다

삼방(三訪)을 잘해야 합니다.

고난절에

고난 당한 그대를 생각합니다
어떻게 그대와 고난을 함께 할까요

십자가를 앞두고 제자들 발을 닦아주신 그대가
떠올랐습니다
이 고난 일에 수시로 발을 닦으라는 그대 음성이
들려옵니다

고난절엔
깎아도 깎아도 한 달이 멀다 하고
쭈뼛쭈뼛 자라나는 머리를 자르렵니다
고난 당한 그대를 기억하며
깎아도 깎아도 보름이 멀다 하고
움쑥움쑥 자라는 손톱 발톱을 깎으렵니다
그대 고난을 기념하며
후벼도 후벼도 삼 일이 멀다 하고
스멀스멀 간지럽히는 귓밥을 파내렵니다
그대의 고난을 생각하며
가만히 내버려도 불쑥불쑥 자라는
부스러기보다 못한 죄악들이
너무도 많이 있습니다

어찌합니까.

겨울 기도

추운 계절
길가에 서성이는 나목(裸木)들처럼
시린 손 모으고 기도합니다

눈이 내려도
기쁘지 않은 사람들을 위하여
밤이 깊어도
잠들지 못하는 이웃들을 위하여

다가오는 성탄절은
모두가 따뜻하게 웃을 수 있기를.

바람에게

네 외투 자락이 차웁다
땅바닥 심장이 식어가는 겨울은
황량히 밤을 맞건만

해마다 태어나는 예수는
아가의 보드라운 살갗처럼,
고독한 가지마다 덮이는 솜이불처럼,
이 밤, 눈 내릴랑가

이방인들이 예물 들고 좇던 광야의 별.
곰팡이 피는 빵조각에 박힌 건포도같이 총총하지만
鍾으로 울기만 하는 별, 그 뒤켠으로
사다리를 타고 승천하다 십자가에 멈춰선

북풍이여,
도란도란 천국 이야길 들려다오.

생일이면

어릴 적 생일날에는
선물이 생각나고

사춘기 때 생일을 맞으면
친구가 생각나고

결혼하고 생일이 오면
가족이 생각나고

오십 가까우니 생일이면
부모가 생각나고

나이를 먹을수록 생일 맞을 때마다
죽음을 생각한다.

아들을 군대에 보내며

벼르고 벼르다
군대에 들어가는 아들과
마지막 인사를 하고 돌아서니
이전부터 마음이 안 좋더니
점점 가슴이 미어져 오더니
이내 눈물이 떨어진다
괜스레 와이퍼를 틀었다

아들 낳으면 절대 보내지 않겠다던
젊은 날 호기는 온데간데없어지고
2천 년 전 외아들을 사지(死地)로 보내던
하늘에 계신 당신 심정
이보다 더하면 더했지 싶다.

아들에게 · 1

- 성년의 날을 맞아

사내는
세 가지 끝을 조심해야 한다

혀끝
손끝
꼬추 끝.

하얀이에게 · 1

하얀아,

먹는 건
아무 데서나 먹어도 되지만
자는 건
아무 데서나 함부로 자지 말아라.

말하라

농부는 열매로 말하고
가수는 노래로 말하고
예술가는 작품으로 말하고
기자는 기사로 말하고
시인은 시로 말하고
목사는 설교로 말한다

그대는 무엇으로 말해야 할까?

뿌리를 찾아서

자고로 사람은 심지가 굳어야 하는 볍이여

어디 사람뿐이랴
지진과 비바람에도 끄떡하지 않는
저 집을 보라고
그 밑엔 굳센 주추가 받쳐주고 있느니
몇 백 년 홀로 푸르른 노송을 보라고
자기 키보다 몇 십 배 큰 뿌리가
땅속으로 뻗어 있느니

사람들도 뿌리를 찾아서
때가 되면 명절마다
고향을 찾는 게야.

동쪽으로 창을

동쪽으로 창을 낼 터이다
어둔 대지를 뚫고 솟아오른 햇살 한 모금 마시며
아침이면 잠자리에서 일어날 터이다
아침마다 먹이를 찾아 분주한
참새들 노랫소리에 기지개를 켤 터이다

봄날 현기증 일어나는 아지랑이로 신열을 앓는
대지에서
제일 먼저 새순의 희망을 기쁘게 볼 터이고
여름 한낮 축 늘어진 나뭇가지에 매달린 매미들
쨍쨍하게 울어 젖히는 시위 대열에 응원을 보낼
터이며
시간이 흐를수록 날카로움을 더하는 삭풍에
이리저리 몸을 뒤척이며 쇠잔해가는 들풀의 탄식
에 아파할 터이고
밤새 휘날린 눈발이 창가에 쩍쩍 들러붙어
하얗게 얼어버린 세상과 마주하기 위해 뻐석거리
는 창틀을 열 터이며

무엇보다 밤마다 짝사랑을 찾아 서성이는
너의 발걸음 소리에 귀를 기울일 터이다.

II. 여름날 정오

폭염에 그을린 아이들
맑은 개울물에 물장구치면

새해 일상을 보내며

送舊迎新예배 드리고
일출 여행 다녀오고
덕담도 주고받고
올해는 뭔가 있겠지 싶은
근사한 예감으로 시작한
새해

얼음도 없고 눈도 없는 날들이
심심하다
대한이가 놀러 와 얼어 죽었다는 소한이
밋밋하다

시큰둥한 일상
정신 번쩍 드는 일
뭐 없을까?

봄날

*마음이가
엎드려 햇살 받으며 졸던 곳
오매불망 그리움을 깔고 앉았던 곳
개집 옆 보도블록 틈으로
싹이 돋았네

여태껏 생명을 잉태하지 않았던
마음이 엉덩짝으로 낳은
잎새 파릇한
봄날.

* 마음이 : 시인이 키우고 있는 개 이름.

봄이 흐르는 물살을 보며

그리운 이여, 벚꽃 휘날리는 물가로 나와요

때론 깊어지기도 하고, 넓어지고, 또 가파른 곳을
지나며
제 몸 키울 줄 모르고 굽이굽이 천 리를 달려오면서
물결은 투명하게 속살을 내보이고

진달래꽃을 따며 스쳤던 그대 손길
목련꽃 그늘에서 그대와의 입맞춤
개나리 꽃길을 걸으며 나눴던 그대와 밀어

사랑하는 이여, 촉촉하게 봄비 젖은 그 언덕으로
나와요.

3월 하늘과 대지에서

3월엔 태극기가 펄럭여야 한다
3월엔 만세 소리 메아리쳐야 한다

장날이면 밤낮으로,
서당과 골목에서,
장거리와 뒷동산마다
일제로부터 독립 외치던 핏빛 절규
총칼에 꺾일 줄 모르던 의연한 눈빛
짓밟히고 깔아뭉개도
꿋꿋하게 피어나는 싱그런 몸짓

뿌우연 3월 하늘에 선명하게 적어야 한다
메마른 3월 대지는 또렷하게 기억해야 한다

대한독립만세, 대한독립만세를……

봄이 오는 숲길에서

산허리 포근하게 감싸 안은 오솔길을
그대 그리워 걷는다

한 걸음 한 걸음 내딛는 발끝마다
계절을 잃어버린 추억들이 차인다
모퉁이를 돌 때마다
길은 표정을 시시각각 바꾼다
호기 있게 추위를 견뎌낸 나무들
저마다 겨울바람의 생채기 간직하고 있다
봄비 머금은 호수 뿌옇게 입김을 내뿜는다
새싹이 아직 돋지 않은 대지엔 아지랑이만 가득
하다
산새도 날지 않는 산길은 고요하기만 하다

낯선 발걸음 소리에
숨어있던 그대
비로소 푸른 향기로 꿈틀거린다.

7월 아침

밤사이 천둥 번개와 함께
폭우가 엄청 쏟아졌다
마음 졸이다 부시시 일어난 새벽
뿌연 안개로 온통 잿빛이다

먼저 기도하며
영혼을 정갈하게 하고
하수로 정비하고
풀도 뽑고
강아지 똥도 *누키고
사무실로 향하는 차 안

에어컨 바람과 함께
바리톤 고성현 님이 부르는
'서시'노래가
청·량·하·다.

* 누다(배설물을 몸 밖으로 내보다) 사동사인 '누이다'
  의 지방 방언.

여름날 정오

폭염에 그을린 아이들
맑은 개울물에 물장구치면
물에 젖은 웃음이 까르르
푸른 골짜기로 달려가던 햇살

고된 논일로 굽어진 허리
꼬르륵 재촉하는 허기는
갓 뜯어낸 상추쌈 한 입으로
오이냉국 한 사발이면 갈증도 끝

경춘선 열차 방귀 소리 들려주는
산봉우리 그늘 자리에서
어지러운 매미 소리 자장가로 베고
서늘한 마룻바닥에 배를 대니
까무룩 밀려오는 졸음

여름이 뚝, 멈춰선
거기.

가을에

가을이 찾아온
하늘엔
파란 물감이 흠뻑

가을이 찾아온
산속엔
붉은 단풍이 활짝

가을이 찾아온
들판엔
황금 물결로 출렁

가을이 찾아온
그녀는
시와 사랑으로 술렁.

가을이 왔는데도

너를 맞지 못했다

감이 익어도
따먹지 못했다
단풍이 들어도
걸어보지 못했다
은행잎이 떨어져도
밟아보지도 못했다.

가을 밤

휘영청 밝은 가을 달빛은
그 여인 속살 같은데
귀뚜라미, 여치, 풀벌레 울음소리
스산한 섬돌에 옷을 벗어 놓는데
뒷물하는 그대 목덜미에서
서러움이 벤 생채기를 보는데

계절이 아프게 깊어가고
멀리 떠나온 그 사람을 추억하고
식은 발등에 낙엽 소리 떨어지고
그리움은 켜켜이 쌓여가고.

가을엔 음악 여행을

가을이면 선율을 따라
여행을 떠난다

갈빛 강물 위에 낭만이 흐르고
은하수엔 깜빡이는 별빛 흐르고
흰 건반에는 여린 그대 손길 떨어진다
청아한 클라리넷 호흡에 맞춰
꿈길이 펼쳐지고
밀어를 나누는 갈대들처럼
사색에 잠긴 연인의 노래여
아름답고
사랑스러워.

10월

총 맞은 가슴처럼
구멍이 뻥 뚫린 나무는
낙엽을 몽땅 떨구어 아무것도 없이
동그란 엽서를 쓰고 있다

허전한 가슴으로 나무는
싸늘하게 식어가는 대지를 향해
연서(戀書)를 보내고 있다.

11월에 서서

여기까지 살아왔구나
열 달을 달려오느라
지친 육신이여
상한 영혼이여
길가에 떨어진 낙엽들
이젠 매정한 도시인의 발길에
채이고 밟히고
이리저리 뒹구는 일밖에 또 남았으랴

그날 보았네
맑은 창공을 거칠게 날아오르는 황금 깃발의 몸짓을
그 밤 들었네
우·우·우 바람의 꼬리를 붙잡고 좇아가는 흑빛 함
성을.

눈 오는 날

하루 종일
쉴 새 없이 쳐들어온 눈
온 세상을 하얗게 점령했다
분주히 살던 사람들 꼼짝 못 하게
발을 꽁꽁 묶더니만
낙엽 떨구고 움츠린 나목들 정신없게
눈보라를 일으키더니만
처마 밑에서 밤 새 젖은 몸으로 허옇게
고드름이 키를 키우더니만

종일 눈싸움 하던 아이들
여기 저기 눈사람 만들어 놓았다.

새해를 기다리며

슬픈 생각을 하며 한 해를 보내고
애써 웃고 애기하며 또 한해를 맞는다지만

지나온 생애가 그랬듯
다가올 날들 역시
참혹한 일들로 인해
내 기쁨은 잠식당하리

그래도
순간순간 반짝이는 작은 행복을
기다리는 아침

애잔한 절망의 커튼일랑 걷어 젖히고
밝아오는 햇살에서 희망을 찾으리.

Ⅲ. 아름다운 곳

그대에게 달콤한 곳은
두툼한 입술이라오

아름다운 곳

그대에게 아름다운 곳은
맑은 눈이라오

그대에게 달콤한 곳은
두툼한 입술이라오

그대에게 얄미운 곳은
순진한 마음이라오.

얼굴

웃는 얼굴
네 얼굴은
기쁨을 주지요

우는 얼굴
네 얼굴은
슬픔을 주지요

슬픈 얼굴
내 얼굴은
무엇을?

그리움

가까워도 다가갈 수 없는 그 거리에
다가갈 수 없어도 가까운 그 거리에
그대가 있네.

밤하늘에 뜬
하얀 달이 그리워
그대는
산으로 올라가고

*멀리 있는 것이 아름다운 가을이 오면
그대가 그립네.

* 오세영 님의 시, '가을에'의 마지막 연, '가을은 / 멀리
　있는 것이 아름다운 계절이다'에서 인용.

코스모스와 소녀

가을을 준비하며
시골길가에 코스모스를 뿌리던
그 소녀
살며시 다가와 덧니를 드러내며 환히 웃던
그 소녀
이 담에 크면 오빠랑 결혼하겠다던
그 소녀
이슬 머금은 코스모스 한 웅큼 꺾어
책상 위에 올려놓고 달아나던
그 소녀

지금도 가을이 오는 길가에서
흔들리는 코스모스처럼
내 그림 잘 밟고 기다릴 것 같은
그 소녀.

그대 오는 길

햇살 고운 날이면 경쾌한 음률 속에서
비가 오는 밤이면 침잠하는 어둠 속에서
그대를 만나면
얼마나 좋을까

달빛 반짝이는 물결을 보고
햇빛에 찡그리는 물살을 밟으며
그대가 찾아오면
얼마나 기쁠까

진달래 피는 동산 넘어온 바람결에
쉬지 않고 흐르는 강물 건너온 향기에
그대 소식 들려오면
얼마나 행복할까.

사랑하는 당신에게

한순간도 당신을 사랑하지 않은 적이 없었어
한 번이라도 당신 사랑한 것을 후회하지 않았어
열병 앓듯 당신을 사랑하며 지낸 날은 한낮처럼
짧건만
돌아보니 당신을 좀 더 사랑하지 못한 게 못내
안타깝건만

떠나가는 사람 뒷모습은 아주 작다지
당신이 내 뒷모습을 지켜봐 줬으면 좋겠어
당신을 사랑하는 것이 많이 아프고 힘들었지
하지만 그 무엇보다 행복했었어.

사랑하는 사람과

사랑하는 사람과 이별은
언제나 아프지
사랑하는 사람을 잃는 것은
누구나 슬프지
사랑하는 사람과 함께한 기억은
추호도 잊을 수 없지

떠난 사람을 그리워하는 그대여
혼자 아파하지 마오
홀로 슬퍼하지 마오
나눌수록 슬픔은 작아지고
함께할수록 기쁨은 커지지만
오랠수록 그리움은 간절해지지.

약속

너를 사랑한다고
그 어떤 것도 사랑한다고
너와 함께하고 싶다고
언제까지나 함께하고 싶다고
너와 헤어지지 않겠다고
결코 이별은 없을 거라고
너를 잊지 않겠다고
죽을지라도 잊을 수 없다고

그렇게 고백했건만
철썩같이 약속했건만
지금 나는……

기다림

기다리라 했다
절망하며 언덕을 오르면
더 높은 언덕이 있다 하더라도
주저하지 말라고 했다

무서워하지 말라고
포기하지 말라고
자꾸 등 두드리던 너의 손길 속에
어둠이 물러간다
새날이 밝아온다
마침내 기다리던 계절이 온다

사는 게 기다리는 것이라고
기다리며 사는 것이라고
널 떠나보내며 나는
널 기다리고 있다.

외로움은 걸레

외로움은 걸레였다

꺼칠꺼칠해진 영혼의 피부에
사치스럽게도
게으름, 태만, 방종에 미련과 만용이라는 때
두텁게 두텁게 끼이면
새롭게 마련한 긴장과 각성이라는 타올이
너덜너덜해질 때까지
몇 날 며칠 밤을 털어버리고 닦아내어도
좀체 해소되지 않는다

그렇게 외로움은 걸레가 되어갔다.

꽃을 사랑하는 남자에게

꽃을 사랑하는 남자는
꽃을 꺾지 않는다고
꺾은 꽃을 버리지 않는다고
버린 꽃은 다시 줍지 않는다고

꽃을 진짜 진짜 사랑하는 남자가 운영하는
그 꽃집을 자주 찾는
꽃을 정말 정말 사랑하는 남자에게
전해라.

경계인

평화와 전쟁
삶과 죽음 사이
도시와 시골
산과 바다 사이
빛과 어둠
낮과 밤사이
그 사람

아슬아슬한 시간과
낯선 표정들
초조하지만 초연했던
균형과 절제의
발자취
그 끝은 어디일까?

지금도 뇌리에서
번뜩이는
섬광 같은
그 사람

유명과 무명 사이
만남과 이별 사이
그 사람.

쉰 즈음

술에 물 탄 듯 물에 술 탄 듯
물에 물 탄 듯이
살고 싶었건만
이렇게 한들 어떻고
저렇게 된들 또 어떨까
대수롭지 않게 살려 했건만

그러나 반백 년 생애
섬광 같은 순간들
정신 번쩍 드는 결정들
고혈을 짜내야만 했던 일들
왕왕 있었지

앞으로 남은 날들은
또?

편지

하루 종일 비 내리는 창가에 턱을 괴고
군대에서 아들로부터 온
편지를 읽고 또 읽는다

어둠이 내려앉은 창가에서 커피를 마시며
한 자 한 자
사랑, 정, 그리움을 담아
편지를 쓴다

문득 오랫동안 소식을 보내지 못했던 사람들
편지를 받아보고 싶은 이름들을
적어본다

새벽이 올 때까지
생활에 쫓겨 밀렸던 편지를 써 볼까?

아인슈페너

겉은 차갑게
속은 뜨겁게

위는 달콤하게
아래는 쌉쓰름하게

밖은 하얗게
안은 까맣게

뜨거운 액체를
차가운 거품으로 포장한
그대

한 모금 삼키며
슬기로운 생활
이중생활을 꿈꾼다.

신선옥

다올찬 햇살 속에 찾아온 너는

잔망스런, 말캉말캉한, 탐스런, 향그러운, 달콤한
짝사랑이 생각나는, 풋풋한, 발그레한
예지 있는, 초롱초롱한, 뾰로통한, 도톰한, 도도
한, 고매한
정숙한 , 정결한, 정이 가는
볼수록 다정다감한, 헤어지기 싫은, 다시 만나고
싶은
다소곳한, 다 주고 싶은, 헌신적인, 그저 바라만
봐도 될 성싶은.

Ⅳ. 온달산성

유장한 강물결에 반짝이는
푸른 쉼표여!

쓰시마섬

반도에서 120여 리 밖에 떨어지지 않았다니
부산에서 1시간밖에 안 걸리다니

우리 땅 같은 일본 땅
쓰시마섬에 들어왔다

쓰지 말라고 쓰시마섬인가
반도에서도 일본 본토도 알아주지 않는
변방
국경의 섬, 조선통신사의 섬

대한해협을 건너는 동안
그녀는 계속 파도처럼 뒤척였고
긴 머릿결은 찰랑거렸다.

봄이 오는 섬

겨우내 바쁘게 달려온
계절의 발끝에
툭툭, 채이는 섬
하나

저건
동백에 취한 채
울렁거리는 파도 봉싯, 솟아오른
그 여자 가슴
저건
진절머리 치며
뚝, 떨어진 거리만큼 고독한
그 여자 무덤

저어~기
봄이 오는 섬
하나.

공현진

동해안 속초를 벗어난다
이제하 시집 <나그네는 길에서도 쉬지 않는다>
를 읽으며
30개월 방황하고 아파하던 곳
물치, 봉포, 아야진, 백도, 삼포,
그리고 공현진을

7번국도 해안선 따라 늘어선
동해안으로 간다
지금은 걷어치웠을 철조망과 빈 초소
해안선을 발치에 둔 공현진교회와 아이들
왕곡마을에서 사라진 장승 얘기를 찾아.

용장산성

개경으로 돌아가지 못하고
강화에서 몽골군에 쫓겨
황망히 서해안 뱃길 따라 도망쳐왔다

해남 거쳐 물돌목 해협 건너오는
비굴한 소식이 들릴 적마다
장렬한 주검으로 켜켜이 쌓아 올린
산성은

아득한 바다 저편
제주도로 사라진 별초군 잔당들
침묵으로 기억하고 있었다.

동동산

경기도 가평군 설악면 위곡리
장락산맥부터 흘러내린 위곡천 따라
동동 떠내려 온 동산,

진달래꽃 피는 4월이면
첫사랑 그 애랑 손잡고 찾던
그 동산

동동산을 오른다.

온달산성

평강공주를 향한

순박한 고구려 청년의 사랑

천년을 어디로 어디로

흘러갔을까

숭고한 충심(忠心)

여기에 남았구나

유장한 강물결에 반짝이는

푸른 쉼표여!

의림지에 가면

의림지에 가면
낭만의 사람들 있다
묵묵히 시간을 건져 올리는 낚시꾼
나들이 나와 미소 짓는 가족들
때로 아우성치는 취객들마저
푸근하게 감싸는 넉넉한 품이 있다

의림지에 가면
발랄한 젊은이들 있다
솔밭 그늘에 둘러앉아 토론하는 이들
까치산 자락 도서관 구석에 쭈그린 학생들
담담하고 예리한 지성으로
푸른 꿈을 키워가는 청춘들 있다

의림지에 가면
의(義)에 굶주린 이웃들 있다
죽어야 산다는 하늘 샘물
대를 이어 길어 올리는 족속들
은빛 물고기 떼 낚는 어부들
온유한 무리들이 복스럽게 살고 있다.

- 1998. 10. 3. 제천 의림지에서

초향기

충청대로 양반길 따라
백마령 터널 지나
종일 따스하게 햇볕 비치는
착한 가게로
칼국수 먹으러 소풍 간다

보강천에서 건져온 올갱이로
어머니와 아들이 손맛 펴는 칼국수
대처에서 달려와 허기 달래고
감자만두 한입에 풀향기 배 불린다
구수한 토장국 올갱이들
싹싹 건져 올린다

매실나무 잣나무 밤나무 느티나무 단풍나무 줄지
어 선
옛 고개를 넘어
얼큰한 취정을 이끌고 일상으로 돌아온다
한 사나이.

보꼬보꼬

가만가만 머릿결 만지는
그녀의 손길, 거기
나긋나긋 반기며 인사하는
그녀의 눈웃음, 거기
조곤조곤 속삭이는
그녀의 목소리, 거기

오미에서 최성미마을 지나
진재 등성이 따라 되잔이도 달려
숫돌고개를 넘어 무기로 들어오는 초입
미용실 유리창엔
그녀의 가녀린 손가락, 종아리, 허리를 닮은
빗줄기가 보꼬보꼬 내린다
거기.

도토리 마을을 찾아

- 금왕 (2)금석리 (1) 다람쥐골 -

도토리 지천으로 나뒹구는
마을로 가리

도토리 키 재듯 고만고만한 삼형제가
묵밥으로 든든히 배 채우고 (2)나뭇길 고개를
작대기 두들기며 넘던 곳
상수리나무 울창한 푸른 숲속 끝까지
(3)옻샘에 세수한 다람쥐들과 도토리 줍다가
키득거리며 돌아오던 곳
아스팔트 도로가 뚫리고 고층 아파트 들어서고
학교와 체육공원을 찾는 고독한 이들에게
까마득히 잊혀져 간 곳

도토리가 토실토실 영글어 가는
마을에서 살리.

  (1) 다람쥐골 : 금석2리 바드실에 있는 다람쥐가 많았
      다고 전해지는 골짜기.
  (2) 나무길고개 : 금석리에서 생극 오생리까지 나무하
      러 다니던 길.
  (3) 옻샘 : 금석2리 바드실 남쪽에 있는 샘, 옻 오른 데
      나 피부병에 좋다고 함.

백야 골짜기

산골에 들어오니 묵묵히 살고 싶고
냇가를 걸어보니 도란도란 살고 싶다

아버지가 살아온 마을에
어머니 유언 지켜온 자리에
누이가 떠나버린 산길에
11월의 비가 내린다
겨울비는 시비뤌시비뤌 속살대며
빙벽의 얇은 살을 깍아내고
나목(裸木)의 알몸을 씻기고
침묵에 빠진 낙엽을 적시고
골짜기 바람 소리 더 심란하건만
바위틈 푸른 이끼 더 서늘하건만
소나무 둥치 솔향은 더욱 짙어가건만

숲길을 들어서니 정갈하게 살고 싶고
호수를 둘러보니 고요하게 살고 싶다.

백야산책로

- 장미동산으로

산이 높을수록 그늘은 짙고
골이 깊을수록 사연도 많다

보현산에서 소속리산으로
병풍처럼 둘러쳐진 산잔등

오솔길의 아기자기한 정담
하늘마당에서 자근자근
장미동산에서 소곤소곤
햇살로 피로를 씻는다

이 산 저 산, 이 골 저 골
멧새 사랑은 분주하고
돌계단 바위에 걸터앉아
오밀조밀 들꽃 화음에 젖는다.

응천십리 벚꽃길

나 찾아간다 응천벚꽃 길을 간다
수리산 밑 고즈넉하게 펼쳐진 길
이진말부터 신양과 차평뜰까지 이어진 길
신양제에서 팔성제간 활처럼 휘어진 길
하얀 꽃그늘 하늘거리고
분주한 꿀벌들 잉잉거리고
따순 봄 햇살에 냇물이 속살속살 흘러가고
저 십 리 끝에 발병 난 님이 기다리고 있고
찬연(燦然)한 봄빛이 꿈처럼 펼쳐진 길
응천벚꽃 길을 걸어간다.

통동재에서

삼용에서 통동 마을로
이어진 통동재를 넘는다
좁고 울퉁불퉁하고 휘어지고 가파른 오르막길
턱까지 차오르는 가쁜 숨을 몰아쉬며
쉬지 않고 올라왔구나
꼭대기까지 올라와선 쉴 새도 없이
다시 내려가야 하다니
올라온 것보다 더 좁고
올라온 길보다 더 울퉁불퉁하고
올라올 때보다 더 경사지고
올라온 곳보다 더 휘어진 길을
이제 내려가야만 한다

역겨운 냄새도 나리
앞선 이들의 속도에 밀려 엉거주춤 느릿느릿
기어가듯 해야 하리
때론 사정없이 휘어진 곳에서 갑자기
방향을 틀어야 하리
종종 아슬아슬한 급경사에서 속도를

제어하지 못하는 곳도 있으리
올라오는 것보다 내려가는 게
더 힘들고 더 걱정되는
통동재를 넘는다.

음성에서 살며

고분고분한 어머니를 닮은 고을
호랭이 반도에 자궁 같은 마을
음성에 들어와서
살지유

산은 낮구 들판은 넓구
물은 항시 마를 줄 몰라
언제나 먹을 건 넉넉허구유
인정은 푸근허쥬

곳곳으로 생기를 발산하는 동네
전국 사방을 반나절이믄 가는 곳
음성에서 사니
좋아유.

V. 하늘에 묻는다

언제나 묵묵히 곁을 지키는 사람을
하늘 언어를 믿음으로 세우는 사람을

하늘에 묻는다

- 영화 '천문'을 보고

어디에
장영실 같은 벗 있을까?

언제나 묵묵히 곁을 지키는 사람을
하늘 언어를 믿음으로 세우는 사람을
녹슨 청동 종으로 울리는 기쁜 소리를
갈보리 언덕 십자가 피로 물든 세상을
검푸른 돌판에 새긴 약속 성취되는 그날을

꿈꾸는 너에게
과연 영실이 같은 동무 될 수 있을까?

파란 오월

- 세월호 비극 앞에서

오월 하늘은
파래

오월 들판도
파래

오월 먼 산도
파래

오월 안산은
노래

애들 어미 맘은
퍼래.

오래된 골목

종로 자운동 오래된 골목에는
가을 오후 햇살이
머릿결을 정갈하게 빗어 넘기고
잊혀진 왕조 황태자를 향한
그리움이 묻어나고
서늘한 첫사랑의 그늘이 툭툭 채이고
*날카로운 첫키스의 향기가
쌉싸름하게 구르고.

* 만해 한용운 님의 '님의 침묵'에서 인용.

詩 읽기 좋은 날에

사는 게
좋겠다

꿀꿀한 마음
괜스레 바람을 툭툭, 차며
길을 걷는데

로마감옥에서 바울이 보내온
성경 <에베소서 2장 5절>
이천 년 세월을 가르고
마음 판에 꽂혀 흔들린다

詩 한 편 읽으니
좋다.

불량한 詩

어릴 적 문방구에서 사 먹던 불량식품같이
달달한 시를
반항을 꿈꾸며 몰래 피우던 담배 연기처럼
매케한 시를
일탈한 시간 언저리에서 토악질했던 불순물처럼
매스꺼운 시를

*바람이 별을 스쳐 가는 밤이면
다소 불량끼 넘치는 시가
고프다.

* 윤동주 님의 '서시' 마지막 연 "오늘밤에도 별이 바람
  에 스치운다"에서 변용.

도서관에 가면

도서관에는
책갈피마다 호기심이 어깨를 걸고 빼곡하게 꽂혀
있다

눈이 큰 소녀가 환하게 웃고 있는
도서관으로 간다

도서관에 가면
세월의 먼지를 뒤집어 쓴 책들이 기다리고
묵직한 책 냄새 그윽하고
책을 펴면 고매한 인품을 만나고
희망이 영근다 미래가 열린다

도서관에서 묻는다
나는 누구인가
내가 선 곳은 어디인가
앞으로 어떻게 될까
어떻게 살 것인가
어떤 사람이 될 것인가
무엇을 하고 싶은가
누구와 살 것인가?

책 읽는 소녀

그 가을 소녀는
하늘로 향기를 피워 올린다
오후 햇살은
사선을 그으며 창문으로 떨어진다
살포시 책을 쥔 손가락이 하얗다
책장에 고정된 큰 눈동자 우수에 젖는다

뜨루게네프의 언덕을 올라간다
폭풍우 몰아치는 그 밤에 전율한다
시베리아 유형지를 찾아 헤맨다
비운을 짊어진 테스를 만나 가슴을 찢는다
눈물로 쓴 베르테르의 편질 읽는다
고매한 인품을 가진 데미안과 얘길 나눈다
북간도 밤하늘에서 젊은 시인과 별을 헨다
노교수의 철학 강의서를 편다

그 가을날
책을 읽던 소녀는 향기로웠다고
지워지지 않는 사진 한 장
마음에 찍었다.

빵과 눈물

- <사도행전>을 읽는 새벽에

눈물 젖은 빵을 먹어봐야
진짜 인생을 안다고 했다

나 빵을 씹으며 노래하리라
내게 외로움은 텁텁했다
그 외로움 곱씹으며
인생을 노래하리라

나 눈물 흘리며 노래하리라
내게 그리움은 뜨거웠다
네가 그리워 꺼으꺼으 울며
사랑으로 시를 쓰리라.

장은경

- 시집 〈둥기둥기 둥기야〉를 읽고

선한 사람이 되고 싶어
착한 사람이 되고 싶어
시를 쓴다는 그녀
흐릿한 눈빛
희미한 미소로
웃고 있는 그녀

온몸으로 희망을 불태우는
슬픔이 만져진다.

애월에서 죽고 싶다

- 영화 '애월'을 보고

애월 바닷가에서
보름간 살다가 죽고 싶다
원하는 때에 편지를 부쳐준다는
그 우체통에
짧은 사연 남기고

그러면
사랑하는 여인 찾아와서 슬퍼하고
다정했던 이들 내 이름 석 자 부르고
하얀 달은 푸른 파도 보고 싶어
바닷가를 거닐고
그리움에 지친 그림자 발자국들
백사장에서 웅성거리고
선한 향기를 지닌 그대
가끔씩 찾아주겠지.

동화작가의 따뜻한 손

휠체어 타고
공원에서 놀던 아이들 지켜보던
아저씨
불구 때문에
여러 번 자살도 시도했지만 실패한
아저씨
피아노 치고 책 읽으며 슬픔을 달래고
하나님 계획을 깨달았던
아저씨

동화작가가 된 그의 손은
따뜻했네.

삐딱하게

간밤 누구한테
혹독하게 걷어차였을까
공원 모퉁이 삐딱하게 기울어진 가로등

불콰한 취기를 토해내던
한 중년 사내의 진한 울분이
반듯했던 몸뚱일 쓰러뜨렸나
뜨겁게 밤을 보냈던 그를
기다리다 무너진 채 맞이한
아침 하늘은 잔혹하게 청명한지
이전엔 듣지 못했던 풀벌레 속삭임에
귀를 기울이고 있는지
무심하게 지나는 눈길들
끌끌 혀를 찬다
다시 일으켜 세울 날은 언제인지.

들에 서서

누가 이 거친 들판을
차지하고 다스리나

들꽃 풀 흔한 잡초들
벽돌로 누르고 콘크리트로 덮어도
불쑥불쑥 연둣빛 순 내밀고
끈덕지게 올라오는 저 녹색 혁명꾼

무섭다
붉은 흙덩이 벗 삼아
거치른 숨결을 이웃 삼아
까칠한 바람결 채찍 삼아
피었다 지고
꺾여도 다시 돋고
막혀도 틈새 뚫고
짓밟혀도 일어서고

부드럽고 강하게 살아가는
야생(野生)
호기 어린 미생의 몸짓들은
퇴색한 채 주춤주춤 물러섰나.

낫을 들어라

아들아, 낫을 들어라
민초처럼 살아온
아버지의 아버지, 할아버지의 할아버지가
잡았던 낫을

낫 놓고 기역 자도 모른다는
말은 염두에도 두지 말아라

낫을 잡으면
결코 멀리 내다보지 말아야 한다
당장 눈앞에 있는 것에 집중해야 한다
손에 쥔 것만 잘라야 한다

낫질을 하며
한꺼번에 많이 움켜쥐려고 하지 말아야 한다
너무 조급해하지 말아야 한다
조금씩 조금씩 천천히 천천히

쥘 수 있는 만큼만 잡아라
낫을 너무 가까이도 멀리하지도 말아라

낫을 너무 오래 쓰지 말아라
종종 날을 갈아라
그러면서 전체도 보고
허리도 펴고 땀도 식혀라

아들아, 낫을 들어라
거친 들판을 억세게 덮었던
순박한 이웃집 아제, 작은 아랫말 누이가
평생 놓지 않았던 낫을.

피의 투쟁

죽은 이의 피가
땅속에서 울부짖는다
그 피가 생명이다

피 흘리면 지는 줄 알았던
유치한 생각은 뒤엎어라
친구여
피로 얼룩진 깃발을 들어라
푸른 대지에
붉은 깃발을 휘날려라
그날 이 땅 구석구석에서
생명은 왕성하리라
존엄한 하늘을 머리에 이고
이 땅에서 살아가는
친구여
마땅히 투쟁해야 하리라

이것이
젊은 우리 살아가는 이유

이것이
척박한 대지를 살려야 하는 이유

내가 흘린 피 한 방울 땅속에 스며들어
이 땅은
혁명의 파도가 일렁거린다.

김진수 시비 사진

(1) 돌아가 살고 싶어요

돌아가고 싶어요

김진수 시인

돌아가고 싶어요
하얗게 밤 깊어가는 마을로
몇 십 채 가구를 휘둘러 감은
산그늘의 서늘한 옷자락
맑은 수면 속에 던진 낚싯바늘에 처억 걸어놓고
나 돌아가고 싶어요
새로 들어선 정자 추녀는
굽이굽이 휘어진 호수길
달려온 발걸음을 잠시 불러 세워
한잔 목축이라 권하며 돌아가 살고 싶어요
피난골 골짜구니를 찾아
분주한 일상에서 빠져나온 이들에게
넘치지도 모자라지도 않게
인정 감도는 흰 벌판으로
나 돌아가고 싶어요

― 백야호반 둘레길

(2) 아금바위

아금바위
금왕향토시인 아빠 김진수

현대문명의 이기
음성~생극 간 4차선 도로를 멍에로 짊어진
청진말과 바드실 마을 뒷덜미
갸름한 골짜기 기슭 중턱에는
서너 평 됨직한 아금바위
시름에 잠긴 채 턱을 괴고 있다
끔찍했던 전쟁의 아픔, 명섭이 형 호연지기
꾸욱 찍어놓고
끊어진 인적을
새삼 미련 떨며 기다리는 거니?

이끼 낀 바위 위에서
온종일 햇살은 홀로 놓고 있었다

△금왕(제천)휴게소

아금바위

김진수 시인

현대문명의 이기
음성~ 생극 간 4차선 도로를 멍에로 짊어진
정진말과 바드실 마을 뒷덜미
갸름한 골짜기 기슭 중턱에는
서너 평 됨직한 아금바위
시름에 잠긴 채 턱을 괴고 있다
끔찍했던 전쟁의 아픔, 명섭이 형 호연지기
꾸욱 찍어놓고
끊어진 인적을
새삼 미련 떨며 기다리는 거니?

이끼 낀 바위 위에서
온종일 햇살은 홀로 놀고 있었다

　　　　　　- 금왕 제천 간 고속도 금왕 휴게소 쉼터

(3) 백야산책로

백야산책로

- 장미마당으로

김진수 시인

산이 높을수록 그늘은 짙고
골이 깊을수록 사연도 많다

보현산에서 소속리산으로
병풍처럼 둘러쳐진 산잔등

오솔길의 아기자기한 정담
하늘마당에서 자근자근
장미동산에서 소곤소곤
햇살로 피로를 씻는다

이 산 저 산, 이 골 저 골
멧새 사랑은 분주하고
돌계단 바위에 걸터앉아
오밀조밀 들꽃 화음에 젖는다

— 백야수목원 장미마당

(4) 금석리-토실토실 영근다

금석리

토실토실 영근다

김진수
금왕향토시인

쇠를 달구는 쇠실이며
돌이 구르는 돌모루에는
출가외인 전설이 살아나고
베틀 소리 펼치는 바디실 지나면
풍년을 기원하는 거북노래 울린다

도토리 키 재듯 고만고만한 삼 형제가
묵밥으로 배 채우고 나뭇길 고개를 넘던 곳
상수리나무 울창한 숲속 끝까지
옻 샘에 세수한 다람쥐들과 도토리 줍다가
키득거리며 들어오던 곳
아스팔트 도로가 뚫리고 고층아파트 들어서고
학교와 체육공원을 찾는 고독한 이들에게
까마득히 잊혀 간 곳
도토리가 토실토실 영글어가는
마을에서 산다

금석리

- 토실토실 영근다

김진수 시인

쇠를 달구는 쇠실이며
돌이 구르는 돌모루에는
출가외인 전설이 살아나고
베틀 소리 펼치는 바디실 지나면
풍년을 기원하는 거북노래 울린다

도토리 키 재듯 고만고만한 삼 형제가
묵밥으로 배 채우고 나뭇길 고개를 넘던 곳
상수리나무 울창한 숲속 끝까지
옻 샘에 세수한 다람쥐들과 도토리 줍다가
키득거리며 들어오던 곳
아스팔트 도로가 뚫리고 고층 아파트 들어서고
학교와 체육공원을 찾는 고독한 이들에게
까마득히 잊혀 간 곳
도토리가 토실토실 영글어가는
마을에서 산다

– 웅천둘레길

푸른 숲은 생명이다
- 푸른 숲에서

증재록(한국문인협회 홍보위원)

1. 숲은 새벽을 연다

믿음, 거기에서 발을 내딛는 새벽이 아침을 맞고 점심을 다스리며 저녁을 품어 밤을 재운다. 그렇게 하루를 딛고 지난 어제와 기다리는 내일 그 사이에 영원히 서 있는 오늘이 세월을 쌓는다. 그건 가면 오는 나날의 믿음이 있기 때문이다.

새벽은 은총과 사랑이 숲을 이루는 터다. 숲은 새벽을 품어 빛살이 퍼진다. 사방 곳곳에 스며들어 고통을 치유하고 마음의 원천을 깨운다. 숲은 겨울을 녹이고 잠을 깨워 누리를 푸르게 누비는 줄기다. 그리하여 생명의 부활과 환희로 희망의 아침을 맞게 된다. 겨울을 벗어난 봄의 꽃은 탄생의 기쁨이 출렁거린다. 탄생에는 만남이 있다. 푸른 숲에서 이루는 생명의 원천이다. 숲은 언제나 탄생과 성장과 결실이 되풀이된다. 자연의 순환에서 영원의 맥을 이으며 구원하고 있다. 자연 속에서 자연의 환희를 빚어내면서 창조주의 임무를 안는다.

창조주를 향한 신심은 시인의 통로를 왕래하며 만난다. 만남에는 순수와 진리가 도출되어 깨끗하고 바르게 살아가는 길이 열린다. 길에서 만나는 빛살은 반짝 사라지는 이슬을 구원하는 하늘 그 창조주, 은혜와 사랑에 충만이 이루어진다.

김진수 시인은 목사며 기자로 심성은 담백하다. 생성과 소멸이란 자연의 섭리에 순응하면서 이론 대신 일상 속에서 고귀한 설교를 행동으로 보여주는 생명의 원천 의식, 항상 작고 소박하기에 가장 소중한 흙의 머리맡과 발치에서 진리로 머문다.

시대의 발전은 스스로 만든 시간에 매여 스스로 만든 가치를 찾아 실재를 지속시키고 있으나 심안으로 보면 허망도 있어 신심이 부족한다. 시인은 푸른 세계를 지향하는 영원성으로 감동의 문을 연다.

2. 꿈의 표정을 만나다

꿈은 체험하는 감상의 시상으로 효율성을 계산하

지 않는다. 내일의 꿈과 오늘의 아픔에 대한 치유
와 어제의 회고로 추억에 젖어 든다. 주제에 대한
소재를 통하여 자아 성찰, 자신의 내면과 마주하며
바라보고 느끼는 살핌이다. 정신 경험을 통해 사유
하고 창의적 행동을 하며 그 창의에 상상을 더해
새로운 무늬를 만들어 빛나게 한다. 꿈꾸는 삶은
아직 오지 않은 곳으로 건너가는 길에서 나를 나답
게 헤쳐나가며 살아가는 길이다. 시를 즐기면서 사
유하고 창작하는 그 길, 그건 예언적인 꿈을 일구
면서 자신을 갈고닦는 거다. 시를 쓰는 것은 그 믿
음 안에서 다양한 표정을 만나기 때문이다.

> 푸른 숲에선
> 깃발처럼 거룩한 꿈이 펄럭이고
> 물처럼 아름다운 사랑이 솟아오르고
> 바람결처럼 고결한 시 한 편 고요하게 흐르고
> 음률처럼 청아한 메아리 울려 퍼지고
>
> 평화로운 숲길을
> 나 걸으리라.
>
> −「꿈과 사랑과 시와 메아리」 전문

숲은 생명의 소리다. 그 소리를 듣기 위하여 매

일 숲길을 걷는다. 숲에는 꿈과 사랑과 평화가 펄럭인다. 꿈에 대한 자유로운 연상은 드러나지 않는 성격의 부분을 균형적으로 유지한다. 꿈은 이루어진다는 믿음이 욕구를 발현한다. 물이 바람을 타면 파도가 되듯 꿈을 꾸고 창조적인 생각이 바람을 타면 솟아오른다. 시는 창의력으로 감각과 대상에 대한 창조 작품이다. 평화로운 숲길 그 길은 영원을 향하는 영감의 길, 시인의 교회 앞길은 푸른 숲이 사계절 쉼 없이 출렁이며 푸른 생명의 소리가 울려 꿈을 안기고 깨달음을 피운다.

폭염에 그을린 아이들
맑은 개울물에 물장구치면
물에 젖은 웃음이 까르르
푸른 골짜기로 달려가던 햇살

고된 논일로 굽어진 허리
꼬르륵 재촉하는 허기는
갓 뜯어낸 상추쌈 한 입으로
오이냉국 한 사발이면 갈증도 끝

경춘선 열차 방귀 소리 들려주는
산봉우리 그늘 자리에서
어지러운 매미 소리 자장가로 베고
서늘한 마룻바닥에 배를 대니

까무룩 밀려오는 졸음

여름이 뚝, 멈춰 선
거기.

- 「여름날 정오」 전문

뜨겁다 거기는 열화가 있다. 불이다. 그 불을 다
스리는 물, 최고로 선한 삶은 물처럼 사는 것이라
고 한다. 다투며 앞서려고 하지 않고 오르려 하지
않고 꾸준히 자기가 가는 길을 가면서 만물을 성
장시켜주고도 과시하지 않는다. 끊임없이 흘러 바
다에 이른다. 물장구치는 웃음에 허기와 갈증은 냉
국 한 사발이면 뚝, 멈춰선 거기엔 새로운 걸음이
다. 산봉우리 그 아래 계곡에는 그늘 자리가 있고
옆에는 매미의 노래까지, 푸른 골짜기에서 발원하
는 한 방울의 물, 물은 창조의 근원 의식이다. 푸
른 골짜기의 이미지와 의미를 새겨본다.

그대에게 아름다운 곳은
맑은 눈이라오

그대에게 달콤한 곳은
두툼한 입술이라오

그대에게 얄미운 곳은
순진한 마음이라오.

-「아름다운 꽃」 전문

　숲속에서 길을 찾아간다. 아름다운 숲, 아름다운
과일, 아름답다는 것에서 아름을 아람으로 보면 충
분히 익어서 저절로 떨어지는 상태, 보고 먹는 것
만으로도 주님의 은총이다. 소란한 사회의 잡음은
듣지를 말고 전염으로 떠도는 병균은 들이쉬지 말
고 눈과 입 그게 아름드리다. 선한 삶에는 꾸밈이
없고 참된 순진이 있다. 마음 깊이 뿌리를 내리고
있는 참, 사실이나 진리에 어긋남이 없는 옳은 것,
참답게 살자는 뜻은 아름다움이다. 그리고 순수함
이다.

산이 높을수록 그늘은 짙고
골이 깊을수록 사연도 많다

보현산에서 소속리산으로
병풍처럼 둘러쳐진 산잔등

오솔길의 아기자기한 정담
하늘마당에서 자근자근
장미동산에서 소곤소곤

햇살로 피로를 씻는다

이 산 저 산, 이 골 저 골
멧새 사랑은 분주하고
돌계단 바위에 걸터앉아
오밀조밀 들꽃 화음에 젖는다.

－「백야산책로 － 백야동산으로」전문

시인은 백야 산책로를 거닌다. 바쁜 일상에서 모
처럼 맞은 여유다. 온갖 나무가 어우러져 있는 수
목원으로 오른다. 수목원에는 장미가 열정적으로
꽃을 피우며 함뿍 맞는 장미 동산이 있다. 한남금
북정맥의 산맥, 이미 전국적 쉼터로 이름이 나 있
는 휴양지다. 자연 그대로의 에움길을 산책하면서
만나는 시비 "산이 높을수록 그늘은 짙고 / 골이
깊을수록 사연도 많다" 하루하루 삶 속에서 깊은
의미를 새긴다. 산에서 숲에서 감성과 이성이 균형
을 이루는 시간의 흔적을 본다. 분주한 일상을 잠
시나마 휴식을 통하여 치유하는 휴양림에서 사색
의 시를 만난다.

그 가을 소녀는
하늘로 향기를 피워 올린다
오후 햇살은

사선을 그으며 창문으로 떨어진다
살포시 책을 쥔 손가락이 하얗다
책장에 고정된 큰 눈동자 우수에 젖는다

뜨루게네프의 언덕을 올라간다
폭풍우 몰아치는 그 밤에 전율한다
시베리아 유형지를 찾아 헤맨다
비운을 짊어진 테스를 만나 가슴을 찢는다
눈물로 쓴 베르테르의 편질 읽는다
고매한 인품을 가진 데미안과 얘길 나눈다
북간도 밤하늘에서 젊은 시인과 별을 헤인다
노교수의 철학 강의서를 편다

그 가을날
책을 읽던 소녀는 향기로웠다고
지워지지 않는 사진 한 장
마음에 찍었다.

- 「책 읽는 소녀」 전문

책, 그 안에는 인생이 고스란히 담긴다. 삶 자체
를 내다보는 예언을 한다. 한참 꿈을 일구고 있는
그 삶이 소녀로 나타난다. 분주한 일상이 아니라
여유와 서정을 간직한 삶, 그건 사랑을 제시한다.
있음과 없음을 나누고, 있음을 향해 질주하는 나날

이 숨 가쁘다. 있지 않은 시간에 매인 불안감이 이성을 잃게 하는 자리에서 답을 준다. 밤하늘 별의 꿈은 무한하다. 꽃은 꽃으로서의 향이 있고 사람은 사람으로서의 향기가 있다. 모두 개성 있는 독특한 향이다. 바람은 보이지 않고 흔든다. 사랑은 어둠에서 빛을 향하며 허기의식을 채워준다.

3. 푸른 숲길에서 만나는 사랑

나무와 풀과 꽃이 어울려 슬픔과 고통을 삭이고 기쁨과 즐거움을 피워주는 숲으로 둘러싸인 에움길이다. 이런저런 만상을 펼치며 거닐다 보면 숲길 언덕바지에 푸른 하늘을 떠받치고 있는 십자가가 고요를 안고 푸르다. 푸른 숲 교회다. 푸른 숲에서 오늘을 맞고 보내는 건 무엇인가. 세상을 감싸는 푸른 사랑의 진실이 슬픔의 켜를 털어내고 있다. 한 발짝을 내다보지 못해 두려운 나날에 푸른 십자가가 손을 잡아 허상과 환상을 깨는 진실을 안게 한다.

푸르다는 하늘과 바다 그리고 숲, 무한히 펼쳐지고 무한히 뻗쳐나가는 산들거림과 출렁거림, 깊이와 안정으로 신뢰와 지혜로 진솔한 믿음을 주는 영혼의 길, 오늘도 그 푸른 숲길에서 용기를 얻고

휴식을 취하려 푸른 십자가 길을 거닌다. 시인의 영역은 숲이다. 숲은 삶의 의미를 키운다. 씨앗에서 싹이 트고 줄기를 뻗어 잎과 꽃을 피워 열매 그리고 다시 돌고 돌며 영원을 향한다.

김진수 시인은 목사며 기자다. 목사가 기자며 시인이라고? 그렇다. 교회에서 정신적 도덕적 지도를 하며 교리 해설과 설교를 통해 사랑의 결핍을 채워주고 안식으로 인도하는 목사 그리고 신문사에서 사회 곳곳의 사실을 소재로 취재 편집 평론을 하는 기자로, 또한 자신의 생각과 느낌을 주제로 소재를 찾아 주관적 심상을 상상과 감성으로 표현하는 시인으로, 이 모두가 정신적 정의로움으로 자신과 사회의 건강을 요구한다. 특히 진실과 공평에서 공인성과 통찰력은 서로가 서로의 맥을 파악하고 표현하는 문장력을 요구한다.

김진수 시인은 이미 2013년도에 시집 <새벽 귀를 청소하며>를 펴내면서 시대의 새벽을 깨워 귀를 열고 마음을 달군 바 있다. 이 모두가 현실의 체험을 통해 진실로 만나는 감동과 사랑이다.

푸른 숲에서

2020년 9월 15일 초판 인쇄
2020년 9월 21일 초판 발행

지은이   김진수
만든이   박찬순
만든곳   예술의숲
          등록 2002. 4. 25.(제25100-2007-37호)
          주   소 · 충청북도 청주시 상당구 교서로 2
          전   화 · 070-8838-2475
          휴 대 폰 · 011-467-4774
          이 메 일 · cjpoem@hanmail.net

          ⓒ김진수, 2020. Printed in Cheongju, Korea
          ISBN : 978-89-94016-174-4 03810

* 잘못된 책은 구입한 곳에서 바꾸어 드립니다.
* 책값은 뒤 표지에 표시하였습니다.

※ 이 책은 2020 충청북도, 충북문화재단의 후원으로
          발간되었습니다.

이 도서의 국립중앙도서관 출판예정도서목록(CIP)은 서지정
보유통지원시스템 홈페이지(http://seoji.nl.go.kr)와 국가자
료종합목록 구축시스템(http://kolis-net.nl.go.kr)에서 이용
하실 수 있습니다.(CIP제어번호 : CIP2020038627)